Dear Parent:

Congratulations! Your child is taking the first steps on an exciting journey. The destination? Independent reading!

STEP INTO READING® will help your child get there. The program offers five steps to reading success. Each step includes fun stories and colorful art. There are also Step into Reading Sticker Books, Step into Reading Math Readers, Step into Reading Phonics Readers, Step into Reading Write-In Readers, and Step into Reading Phonics Boxed Sets—a complete literacy program with something to interest every child.

Learning to Read, Step by Step!

Ready to Read   Preschool–Kindergarten
• big type and easy words • rhyme and rhythm • picture clues
For children who know the alphabet and are eager to begin reading.

Reading with Help   Preschool–Grade 1
• basic vocabulary • short sentences • simple stories
For children who recognize familiar words and sound out new words with help.

Reading on Your Own   Grades 1–3
• engaging characters • easy-to-follow plots • popular topics
For children who are ready to read on their own.

Reading Paragraphs   Grades 2–3
• challenging vocabulary • short paragraphs • exciting stories
For newly independent readers who read simple sentences with confidence.

Ready for Chapters   Grades 2–4
• chapters • longer paragraphs • full-color art
For children who want to take the plunge into chapter books but still like colorful pictures.

STEP INTO READING® is designed to give every child a successful reading experience. The grade levels are only guides. Children can progress through the steps at their own speed, developing confidence in their reading, no matter what their grade.

Remember, a lifetime love of reading starts with a single step!

For Elle, who stole our hearts

Copyright © 2012 by Devon Kinch

All rights reserved.
Published in the United States by Random House Children's Books, a division of Random House, Inc., New York.

Step into Reading, Random House, and the Random House colophon are registered trademarks of Random House, Inc.

Visit us on the Web!
StepIntoReading.com
randomhouse.com/kids
myprettypenny.com

Educators and librarians, for a variety of teaching tools, visit us at randomhouse.com/teachers

Library of Congress Cataloging-in-Publication Data
Kinch, Devon.
Pretty Penny comes up short / by Devon Kinch. — 1st ed.
 p. cm.
Summary: Penny and her friends set up a drive-in movie theater to raise funds to buy feed for Doodle's Animal Farm, but Iggy the pig decides that some of the profits should be for him.
ISBN 978-0-375-86978-5 (trade) — ISBN 978-0-375-96978-2 (lib. bdg.) —
ISBN 978-0-375-98544-7 (ebook)
1. Fund raising—Fiction. 2. Stealing—Fiction. 3. Motion picture theaters—Fiction.
4. Pigs—Fiction. I. Title.
PZ7.K5653 Pk 2012 [E]—dc22 2010053949

Printed in the United States of America

10 9 8 7 6 5 4 3 2 1

STEP INTO READING®

STEP 3

Pretty Penny
Comes Up Short

By Devon Kinch

Random House 🏠 New York

It is a sunny summer day.

Penny and Iggy are

playing outside.

Penny is trying to beat Iggy

at hopscotch.

Iggy always wins.

Here comes Buck.

He lives on the third floor.

"Hi, Buck," says Penny.

"What are you up to?"

"Hi, Penny," says Buck.

"I am hanging up flyers."

Buck hands Penny a flyer
for Doodle's Animal Farm.
He volunteers there.
The farm has horses,
sheep, dogs, cows, and pigs.
"Doodle's Animal Farm
needs money," explains Buck.
"Every cent donated helps them
feed the animals."

Penny would like to donate money.

She loves animals.

Iggy does, too.

Pigs are his favorite!

Penny digs in her purse.

She has exactly zero dollars

and zero cents.

How can they help out?

Up in her room,

Penny checks her Saving Setup.

She counts $5.50 in her sharing jar.

This is money she has saved

to give to others in need.

She will donate this money

to Doodle's Animal Farm.

But she wants to do more!

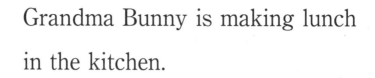

Grandma Bunny is making lunch
in the kitchen.
Penny tells her about the farm.
"I need a big idea to raise money!"
explains Penny.
"How about a penny drive?"
says Bunny.

"No, something much bigger,"

Penny says.

"A lemonade stand?"

says Bunny.

"Even bigger!" Penny says.

"I've got it!" yells Penny.

"We will open a movie theater!

A drive-in movie theater!"

Penny sketches it out on paper.

"That *is* pretty big," Bunny says.

Penny is going to need help.

Penny runs upstairs and knocks

on Emma's door.

Emma and Maggie answer it.

Penny tells the girls

all about her big idea.

"We will help!" they say.

"We need a plan,"

says Penny.

They are all excited

about helping the animals.

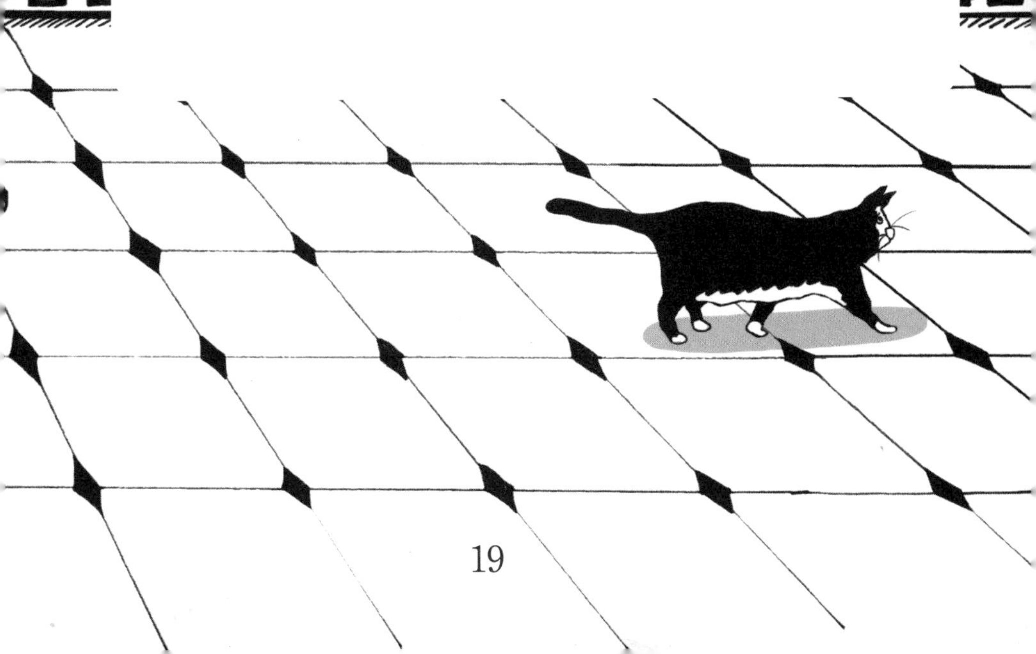

They head upstairs
to the Small Mall
for a team meeting.

Everyone gets a job to do.

Maggie will make the signs.

She finds markers and

poster board.

Emma will be the usher.

She finds just the right outfit

for the job!

Penny will run the projector.

Iggy will run the snack stand.

He heads down to the kitchen.

It is his favorite room!

Bunny helps him pop popcorn.

He cannot resist sneaking some.

It is opening night at

Penny's Drive-In Movie Theater.

All the chairs are in place.

The popcorn has been popped.

The team is ready.

"Come one, come all!"

shouts Penny.

"All money will be donated to

Doodle's Animal Farm!"

First the Wilsons arrive.

Then Miss Piper and her friend

come on roller skates.

Buck shows up on his skateboard.

Soon everyone

from the neighborhood

rolls in on a set of wheels.

The snack stand is a hit!
Iggy has more customers
than he can handle.
Money starts to pile up
on the counter.
He puts some money
in the register.
But some money
falls on the ground.

The movie is about to begin!

The snack line is still long.

Iggy is flustered.

He swipes the money

into his hat.

He pops the hat on his head.

"Shhh!" Emma whispers.

She pulls the curtains aside.

Penny starts the movie.

Everyone is having a great time.

They blow bubbles and

munch popcorn.

Iggy watches the movie.

He's careful not to jingle

the money.

He decides to keep the money

in his hat for himself.

The money is for animals.

Iggy *is* a pig.

He likes food, too.

He daydreams about the treats

he will buy.

It all seems fair to him.

The movie is over,

and everyone rolls home.

"We earned twenty-six dollars

from tickets!"

Penny cheers.

"How much money did we earn

from the snack stand?"

she asks.

Iggy shrugs.

The girls add up the money.

The grand total is $29.50!

The next day

everyone meets outside.

They are going

to Doodle's Animal Farm.

They cannot wait

to donate the money!

Everyone feels proud.

On the way there
Iggy stops to buy treats.
First, at the candy store
for a lollipop.

Then at the ice cream shop.

Then at a hot dog cart.

Penny is curious.

"Where did you get the money

for this?" asks Penny.

Iggy's mouth is full of treats.

Penny puts her hands on her hips

and waits.

"Iggy!" she says.

He takes off his hat.

Money falls on the ground.

"This money is not for you,
Iggy," she explains.
"We earned this money
for the farm animals.
You cannot take
what does not belong to you."

"That's stealing!" says Emma.

Penny tells Iggy

he will have to earn back

every cent.

She takes away his hot dog.

Penny's team arrives at the farm.
Emma says that they would
like to make a donation.
"Thank you!" says Buck.
Buck explains that they are also
looking for volunteers today.
They need help cleaning out
the animal pens.

DONATIONS↓

☆ Doodle's ☆
Animal Farm
needs
VOLUNTEERS
☆ ☆
Various Positions Available

Penny gets another big idea.

She knows the perfect pig

who can volunteer.

Iggy is happy to help out.

He sure did learn his lesson.

One scoop at a time!

WITHDRAWN

A la orilla del viento…

Primera edición en español: 2006

Baranda, María
  Marte y las princesas voladoras / María Baranda ; ilus. de
Elena Odriozola. – México : FCE, 2006
  40 p. : ilus. ; 19 x 15 cm – (Colec. A la orilla del viento)
  ISBN 968-16-8141-X

  1. Literatura Infantil I. Odriozola, Elena, il. II. Ser. III. t.

LC PZ7   Dewey 808.068 B133m

Distribución mundial

Comentarios y sugerencias:
librosparaninos@fondodeculturaeconomica.com
www.fondodeculturaeconomica.com
Tel. (55)5449-1871 Fax (55)5227-4640

Empresa certificada ISO 9001:2000

Coordinación editorial: Miriam Martínez y Eliana Pasarán
Cuidado de la edición: Obsidiana Granados Herrera
Diseño: Paola Álvarez Baldit

© 2006, María Baranda (texto)
© 2006, Elena Odriozola (ilustraciones)

D.R. © 2006, Fondo de Cultura Económica
Carr. Picacho-Ajusco, 227; 14200, México, D.F.

ISBN 968-16-8141-X

Impreso en México • *Printed in Mexico*

Marte
y las princesas
voladoras

María Baranda

ilustraciones de Elena Odriozola

FONDO DE CULTURA ECONÓMICA

Uno

Rita me contó que el día que nació Mosi, nuestro pato se tragó un tornillo del tamaño de una cucaracha. Mientras mamá y papá estaban en el hospital, Rita le abría el pico a la mascota y metía su mano hasta lo más profundo para rescatar el tornillo. Ese día, mi hermana mayor decidió su vocación: sería veterinaria.

Mosi no se parece a mí, que ya voy a la escuela y aprendo cosas como los nombres de los planetas, las divisiones y las multiplicaciones, memorizo las capitales de todos los países, escribo palabras que tengan "v" o "b" y me aburro infinitamente en las clases de inglés.

Mosi tiene la suerte de ir a una escuela en donde le enseñan a recortar figuras de papel rojo, naranja y verde, con formas de círculo o de triángulo; le dicen cómo amarrarse los zapatos, primero por el agujero derecho y después por el izquierdo; le ayudan a coser botones dorados sobre telas

brillantes, como de princesas; la in-
vitan a dibujar despacio las letras, de
arriba para abajo y de abajo para arriba.
Aunque ya tiene ocho años, uno menos
que yo, todavía no se aprende el abece-
dario. Por eso, algunas tardes, cuando estamos jugando, de pronto Mosi
dice "a" de aguacero, "i" de imagi-
na, "t" de trompo, y luego nos reímos a carcajadas porque yo me
pongo a girar y girar hasta que
digo:

—Tiro, lo tiro y lo vuelvo
yo a tirar.

Mamá me explicó que
Mosi no podrá entrar a
una escuela como la
mía porque ella
nació diferente:
cuando todos
decimos
derecha,
ella se va
para el otro
lado; si le expli-
cas que algo está
caliente, Mosi cree

que en realidad está frío, como pasa con el agua de la regadera o con los pasteles que a veces hacemos. Es como vivir en otro lugar, un sitio diferente donde todo no es lo que es y al revés. A veces he pensado que me gustaría ser como ella: distinta, porque a mi hermana todos le hacen caso, mi mamá siempre le pregunta con una voz suave como de viento:

—¿Qué quieres para comer, Mosi?

Y la verdad mi hermana se aprovecha porque siempre dice una lista larga de golosinas:

—Chocolate, algodón de azúcar, cocada, tamarindo, chicle bomba, pastillitas de menta, gomitas, dulces de colores —y un largo etcétera.

Entonces mamá, en lugar de enfadarse, suelta una larga risa como de tren en una montaña mágica y le dice que mejor algo sano, algo que la alimente. Y luego las dos se abrazan.

En cambio, a mí nadie me pregunta qué quiero para comer, por eso yo me impongo y digo:

—Por si se lo preguntan, a mí me encantaría comer chuletas con puré de papa y sopa de fideos y una gran rebanada de pastel de limón.

Entonces mamá alza una de sus cejas, la derecha, y dice con voz aburrida:

—Lorna, ayer comimos eso.

—Lo sé, mamá, pero a mí me gusta repetir —le digo para convencerla.

Mamá pierde la paciencia conmigo o con Jaro o con Rita. Nunca con Mosi.

Mi hermana tampoco se parece a Jaro, que va en la secundaria y sabe todo de coches: los deportivos y los de transporte, los más rápidos y los que, según él, vuelan como si fueran un cóndor. Dice que de grande va a ser diseñador industrial para hacer sus propios modelos de automóvil y salir a pasear en sus inventos con sus amigos. Hace unos cuantos años, Jaro quería ser alguacil, como en la televisión, para meter a los malos en la cárcel y defender a los buenos. Era cuando mi hermano me saludaba por las mañanas y me jalaba un poco las trenzas para molestarme. Entonces me caía bien porque jugábamos juntos en la calle. Ahora todo es distinto: casi no me mira y, si le pregunto algo, me gruñe.

Por supuesto Mosi tampoco se parece nada a Rita, mi hermana que estudia para ser veterinaria. Ella ya es grande, tiene dieciocho años y sabe muchas cosas: cuántos huevos puede poner una gallina en una semana, qué necesitan comer las lagartijas, cómo respiran los delfines o por qué cantan las ballenas. Dice que más adelante va a vivir en una granja con Mosi para que juntas puedan cuidar un montón de animales.

Mosi no se llama así. Su verdadero nombre es Martha Elena, pero ése es un nombre que suena fuerte, como a tía vieja, dice Jaro, o como un árbol grande y hermoso, según papá. Sin embargo, todos la llamamos Mosi porque así lo decidió. Creo que es porque suena alegre como ella. Mi hermanita tiene una sonrisa de naranja, dulce y redonda, y siempre nos confiesa a todos que nos quiere mucho y nos abraza.

Un día que estábamos jugando en el patio le dije:

—Mamá
te está lla-
mando.
—No,
a mí no.
Yo no me
llamo Martha Elena,
me llamo Mosi.
—¿Qué?
—Sí, mi verdadero nombre es Mosi.
—¿Y cómo lo sabes?
—Me lo dijo el viento.
—¿El viento?
Entonces me contó que por las
tardes le gusta salir al patio y treparse al árbol, allí puede sentir cómo el viento le toca la cara. Me dijo que desde lo alto podía ver muchas cosas. Por ejemplo, me habló de Rita y de un
muchacho con el que sale por las tardes. Dice que a veces puede ver cómo se toman de la mano.

Le aconsejé que le contara a mamá lo de su cambio de nombre y también al resto de la familia, así todo sería más fácil.
Mosi estuvo de acuerdo conmigo porque se levantó inmediatamente y corrió a contarle a mamá. Entró cantando en la casa:

—Me llamo Mosi, me llamo Mosi, me llamo Mosi, me
llamo Mosi.

Lo repitió más o menos unas mil veces hasta que Jaro le
aventó un cojín y le dijo que cerrara la boca.

Dos

Mamá la está enseñando a cocinar. Quiere que haga ensaladas y galletas. Mosi es un poco distraída. Algunas veces se le olvida para qué sirven las cucharas o dónde se guarda la mantequilla. Sin embargo, con Mosi todo es mucho más divertido, la taza se convierte en la canción del pirata:

> *Yo tuve, uve, uve*
> *en el Mar Caribe, ibe, ibe*
> *una espuma, uma, uma*
> *blanca como nieve, eve, eve.*

Eso quiere decir que hay que llenar la taza de harina. Y si mamá quiere enseñarle a batir, se pone a cantar:

> *Con mi mano muevo*
> *el sol de verano,*

canto y canto
y comienzo de nuevo.

Mosi y yo nos llevamos bien. Es a la única a la que le cuento las historias de mi escuela. Ella sabe perfectamente que cuando Paulina no va a clases no es porque tenga gripa o le duela la panza, la verdadera razón es que se va con la Reina de los Lirios; y si Gabriel falta varios días, Mosi y yo sabemos muy bien lo que está haciendo: combatiendo al dragón de los lunares amarillos, que es muy peligroso y además puede trasmitir la fiebre pegajosa.

Mosi y yo dormimos en el mismo cuarto. Mi cama es la que está debajo de la ventana, así puedo asomarme a la calle y ver quién llega o quién sale. La de ella está junto a la puerta, por si necesita algo. A veces, sobre todo cuando llueve, Mosi piensa que se pueden aparecer los monstruos, ésos que visitan las casas y asustan al que se deje, pero yo le explico que a los monstruos no les gusta mojarse y le cuento que lo más probable es que se vayan a casa de nuestro vecino, y luego nos reímos porque no nos cae bien a ninguna de las dos.

A veces tengo problemas con mis amigos para escoger a qué jugamos, en especial con Guillermo, con quien discuto bastante. Por ejemplo, si propongo jugar a policías y ladrones o a las escondidillas él dice cada vez lo mismo: "¡Ay, qué aburrido!" Y luego lo siguen los demás y todo se descompone porque suena la campana que anuncia el fin del recreo:

la verdad es que perdemos mucho tiempo en ponernos de acuerdo. En cambio con Mosi todo es fácil. Las dos sabemos que jugar a las princesas voladoras significa peinarse sin peinarse o vestirse sin vestirse porque es un juego mágico, donde todo es lo que no es y al revés.

Se trata de un juego que empieza siempre con una pregunta: "¿Con peluca o sin peluca?" Entonces las dos sabemos que ése es el principio de una aventura en donde el día se convierte en noche, las manzanas en peras, los zapatos en nubes, los dientes en ojos y las camas en barcos. Por ejemplo, ayer estábamos en un lago seco en donde teníamos que volar para salir de allí. Una vez afuera, tuvimos que ir a una torre en donde estaban prisioneros dos hermosos buitres: príncipes encantados por una malvada hechicera.

Volar no es fácil. No todo el mundo puede hacerlo. Me refiero a hacerlo de verdad. No como en las películas, ahí todo se ve muy sencillo. Para volar, lo que se dice volar, hay que trabajar mucho. Yo tardé cerca de dos meses en lograrlo. La primera vez estaba en el patio, a un lado del árbol de limones. Me concentré con todas mis fuerzas. Cerré mis ojos y luego abrí mis brazos como si fuera un aeroplano. Y me quedé así, quieta.

Cuando quieres volar de verdad primero sientes miedo. Y el miedo te da frío, mucho frío, porque no sabes si vas a regresar. Para que se te quite el miedo tienes que imaginar el mundo. Un mundo donde nadie habla. Y luego tienes que escuchar el viento. Es como una música que apenas

y se oye. Entonces debes pensar en las nubes. Nubes como camino, nubes de muchos colores, rojas, amarillas, azules, verdes. Nubes que te empujan y te llevan alto, muy alto, cada vez más alto. Y cuando crees que ya estás en el cielo debes imaginar el silencio. Como si fuera una luz, una inmensa luz blanca que te invade, te llena todo: los ojos, el cuerpo, los pensamientos. Y entonces, sólo entonces, puedes volar.

Cuando le conté a Mosi ella me dijo:

—Yo no quiero volar.

—¿Por qué? Es maravilloso.

—Porque me da miedo el silencio.

No le insistí. Pero cada vez que vuelo ella está allí esperándome y siempre, siempre, me pregunta cómo me fue.

Tres

Antes era diferente. Antes es una palabra difícil. A lo mejor es porque tiene una "a" al principio y esa letra permite la entrada a muchas cosas.

Antes Jaro no gruñía, como ya dije.

Antes yo invitaba a mis amigas.

Antes íbamos a varias partes.

Todo comenzó el día en que Mosi se comió cinco panes con mermelada y después le dolió la panza; Jaro llegó feliz porque había metido un gol de cabecita; Rita terminó con Zubin, su novio, porque... ya no me acuerdo. Sin embargo, había una pregunta que mi hermana mayor le hacía a mamá cada vez que lloraba:

—¿Me entiendes?

Y luego ya no podía ni comer ni hablar ni contar más cosas horribles que ese Zubin le había hecho.

—¿Me entiendes? —volvía a decir y parecía que era el principio de un cuento muy triste que jamás terminaba.

Aunque ese día a mí no me sucedió nada en especial, en mi familia se le quedó el nombre de "el día de la catástrofe", como dijo mamá. Se acercaba la navidad y teníamos una gran ilusión por la fiesta, los regalos y todo lo que pasa en esas fechas: pastorelas, iluminación con focos en la calle y las casas y, sobre todo, unas buenas vacaciones.

Cada año, nuestra vecina, la señora Amor, hace una posada a la cual invita a todos los niños de la cuadra. Hay ponche, piñatas, dulces y hasta un burro de verdad que podemos montar. Pues esa vez Rita se quedó en la casa porque no paraba de llorar, Jaro se fue con un amigo y yo había quedado de verme con unas vecinas.

Sucedió que mamá tuvo que ir al dentista y me dijo que llegaría un poco después. Me pidió que me hiciera cargo de Mosi.

Aquella tarde llegamos temprano. Mi hermana y yo ayudamos a la señora Amor a repartir las velitas para cantar la pastorela. Ese fue el comienzo del problema: nunca me di cuenta de que mi hermana se guardaba en las bolsas de su vestido varias velas. Poco a poco llegaron todos los niños del barrio, casi cuarenta. La señora Amor empezó a prender las velitas de una en una y Mosi y yo la ayudamos. Hubo un momento en que ya no vi a mi hermana porque saludé a unas vecinas. Y entonces empezamos a cantar. Cuando estábamos en la parte que dice "Aquí no es mesón, sigan adelante", alguien dio un grito espantoso. Cuando volteé hacia la casa un hilito de humo gris salía de una de las ventanas de la sala. Alcancé a escuchar que alguien decía:

—Fue Mosi, ¿quién más?

Y sentí un frío horrible en mi corazón.

Mosi no se lastimó ni tampoco le hizo daño a nadie. Sólo quemó un poco, poquito, las cortinas. Después me contó que quería ver la luz del silencio, ésa que te ayuda a volar.

Pasó todo un día hasta que mamá y papá pudieron ir a casa de la señora Amor a pedir una disculpa.

—¿Por qué? —preguntó Jaro—, si no fue a propósito.

Mis papás no supieron qué decir. Rita hizo un delicioso pastel de elote. Todos debimos peinarnos y lavarnos la cara.

Mamá dijo que sólo ella y papá hablarían e inmediatamente voltearon a ver a Jaro. Yo sé por qué hacen eso: Jaro piensa un poco diferente de ellos. Por ejemplo, si papá dice: "Es rojo", Jaro opina exactamente lo contrario: "Es azul". Mamá dice que eso sólo confunde a las personas.

La señora Amor nos hizo esperar un poco, para nuestra suerte. Así pudimos ver con mucho detenimiento los cuadros que están en su sala: hay uno que tiene nubes de color marrón y sobre ellas están pintados muchos borregos. Hay otro con dos naranjas, tres plátanos, un pato muerto que está sobre una mesa y junto a él un cuchillo enorme clavado en una tabla de madera. Cuando estaba viéndolo con atención, Mosi, que se había puesto su vestido blanco, el que usa para las fiestas, se puso a llorar. Papá pensó que tenía miedo de la señora, pero yo supe qué le pasaba: ella se imaginó que nuestro pato algún día podía terminar así.

Entonces le expliqué que el cuadro era de mentira y que eso no le iba a pasar nunca a nuestra mascota.

—¡Ya cállate! —me dijo Jaro—. La pones más nerviosa.

Pero no es cierto. Mi hermano no entiende nada.

Un segundo después entró la señora Amor con unas bebidas color verde para todos. Luego nos sugirió a mis hermanos y a mí que fuéramos a saludar a la cacatúa que estaba afuera. Jaro dijo que a él no le interesaban las aves y la señora le contestó que de todas maneras lo invitaba a visitar su patio.

Nunca supimos de qué hablaron papá y mamá con ella. Pero después de esa tarde jamás volvimos a ir a las posadas de la señora Amor.

Rita dijo que esa señora no le hacía honor a su apellido. Papá y mamá no dijeron nada, pero desde entonces se le quedó el nombre de "el día de la catástrofe". Por eso decía que antes era antes.

Cuatro

Hace dos días mi mamá invitó a comer a la tía Roberta, una prima de mi papá que fuma puro, usa unas faldas enormes que llegan hasta el suelo, se sabe muchas historias, ha viajado en submarino y adora la gelatina de fresa.

Mosi ralló las zanahorias de la comida y mamá frió unas sardinas. Papá llegó temprano del trabajo, Jaro se lavó las manos sin que nadie se lo pidiera, Rita no vino porque no le daba tiempo, y a mí me tocó poner la mesa con el mantel de flores moradas, el elegante. La tía Roberta trajo de regalo, obvio, una gelatina de fresa que ella misma había preparado. Mosi se la quiso comer al principio y mamá no la dejó. Jaro se enojó mucho y le dijo que la dejara en paz, que de todas maneras la gelatina, como otras cosas, habían llegado a la casa por ella. ¿Qué quiso decir?

Entonces la tía Roberta, se acomodó en su silla, se subió un poco la enorme falda roja, se sirvió un montón de sardinas y con una voz como de capitán de barco le preguntó a Jaro qué pensaba ser de grande. Mi hermano comenzó su aburrida plática sobre llantas y motores, pero a la tía le pareció sumamente interesante. Contó que ella tenía un amigo mecánico que le había enseñado muchas cosas. Creo que a Jaro eso le cayó un poco bien. Poquito, porque cuando terminó la conversación sobre coches no volvió a sonreír para nada. Al llegar al postre, o sea a la gelatina, la tía Roberta empezó a contarnos una historia. Mosi aplaudió porque le encantan los cuentos. La verdad es que también yo me emocioné porque en casa nadie cuenta nada a la hora del postre. Jaro dijo:

—Con su permiso, los cuentos no son para mí.

Pero la tía Roberta recordó que en Freslandia, una isla lejana, no está permitido levantarse cuando alguien empieza a contar una historia: le cortan la cabeza, aseguró. Y como ya les conté que su voz es fuerte como de capitán de barco, y que ha viajado hasta en submarino, mi hermano tuvo que quedarse.

Hubo un silencio verde como de lagartija y nadie se movió. La tía Roberta encendió su puro, le dio una larga bocanada y empezó a contar la historia de Marte, el planeta rojo. Dijo que se parecía mucho a la Tierra porque tenía agua y varios cráteres y que se creía que había tenido vida. Habló de sus volcanes, sus valles y, por supuesto, de sus colores: de sus rocas color naranja y de la fina arena roja que lo cubre. Dijo que se parece a la Tierra, pero que es

completamente diferente. Y que se ha podido estudiar muy poco sobre él. A Jaro le emocionó la plática. Hasta comentó que antes, de niño, alguna vez soñó con ser astronauta. Mosi aplaudía por todo. Y la tía Roberta, cada vez que podía, la abrazaba o le daba un beso y después formaba aros con el humo de su puro.

Creo que a mamá y a papá nunca les interesó nada de nada lo de ser astronautas porque no sonreían ni decían cosa alguna. Estaban como a la espera de que algo pasara. Al final, cuando ya no quedaba gelatina y la tía Roberta se había terminado su puro, dijo que para ella Mosi era como Marte. Igual que nosotros pero diferente. Después sacó un chicle enorme, de fresa, por supuesto, y lo repartió entre todos. Ella hizo una bomba gigante como jamás había visto una. Mosi puso su mano delante y la tronó. La tía, entonces, se rió tanto que pensé que su risa iba a salir por la ventana como un huracán y nosotros con ella. Cuando se calmó, y ante nuestros azorados ojos, se puso a contar que algunas personas nacen diferentes como si fuera un día que se parte en dos mitades: unos viven de un lado y ven las cosas de cierta manera y otros viven del otro lado y ven todo distinto. Al decir esta palabra vi cómo mi hermana sonreía. Y me sentí bien. Porque cuando uno es diferente a todos, a los otros, es como tener agua calientita en el corazón.

Aunque la verdad también sentí un poco feo, porque a Mosi le había pasado algo que a mí no: la tía Roberta, además de quererla, entendía muchas cosas de ella. Yo no tengo a nadie en la familia que pueda decir: "Lorna es muy especial, es distinta porque sabe cómo volar."

Entonces papá se levantó y abrazó a mi hermana. Dijo que para él, Mosi era su amuleto de la buena suerte. Contó que desde que ella llegó a la familia siempre había tenido trabajo. Luego la tía Roberta puso cara de renacuajo: infló los cachetes, se le saltaron los ojos, arqueó las cejas y así nos preguntó que cómo nos iba con todo lo demás.

—¿Lo demás? ¿A qué te refieres? —le preguntó mamá mientras se mordía el labio de abajo como hace siempre que está preocupada.

—Sí, lo demás, la gente, los amigos, ¡cuéntenme! —dijo desinflando sus enormes cachetes.

Hubo un silencio frío como de hielo, muy incómodo, que Jaro rompió:

—Aquí no viene nadie hace mucho ni tampoco nosotros vamos a…

No pudo terminar porque mamá lo interrumpió:

—Es muy difícil, ¿sabes? Es como si nos tuvieran miedo.

—¡Pero claro! —dijo la tía Roberta como si eso fuera lo más normal del mundo.—Es como en el Polo Norte: creen que sólo hay pingüinos y, por supuesto, es una gran mentira. Pero ya nadie quiere hacer viajes largos a lugares lejanos ni conocer de verdad otras maneras de vivir y de ser…

—Sí —la interrumpió papá con voz triste.

Yo pensé en volar. En cerrar mis ojos e irme lejos, lejos, hasta llegar al silencio. Entonces, no sé por qué, me dieron ganas de llorar. Y lo hice. De pronto Mosi me tomó de la mano y dijo:

—Yo quiero a mi hermana porque ella juega conmigo —y me abrazó con fuerza. Luego me compartió una de sus galletas rellenas de malvavisco, y qué bueno, porque son las favoritas de las dos. Nos pusimos a comerlas como más nos gusta: las abrimos para empezar por el relleno y después nos comemos lo de afuera. Y nos reímos porque mi hermana me susurró al oído: "¿Con peluca o sin peluca?" Y aunque no era precisamente el momento para nuestro juego favorito, algo en sus palabras me hizo sentir que yo tenía con ella un lugar especial en donde podía refugiarme.

La tía Roberta sacó de una enorme bolsa de plástico que llevaba unos huevos pintados de colores muy extraños. Nos dio uno a cada quien, dijo que le había tomado mucho tiempo lograr esos dibujos: todos tenían flores pequeñas, casas diminutas, animales microscópicos, pero el mío, no puedo entender por qué, tenía a una niña pequeñita que volaba. Y me sentí bien.

Después, la tía Roberta comentó entre risa y risa que la vida es así: un juego en el que todos disfrutamos.

Cuando se fue, vi que Jaro abrazaba a Mosi y le decía algo al oído que la hizo reír. Antes de salir me tocó la cabeza y me dijo:

—Adiós, trencitas.

Y yo me sentí un poco ridícula, no mucho, porque por lo menos esta vez mi hermano no me había gruñido.

Cinco

Hoy en la escuela, el maestro nos dejó de tarea escribir sobre qué queremos ser de grandes. A mí casi siempre me da flojera hacer la tarea, pero esta vez me dieron ganas de pensar en algo divertido. Le saqué punta a mi lápiz verde y después al azul, mis colores favoritos. Luego los mordisqueé un poco. Siempre he pensado que el verde sabe mejor que el azul. Estuve así un buen rato sentada en la mesa de la cocina, pero no se me ocurría nada. Jaro entró a beberse la leche del refrigerador directamente del empaque. ¡Qué asco! Luego mamá se puso a limpiar unos ejotes para la cena. Le platiqué de mi tarea y me contó que de niña ella soñaba con ser domadora de tigres en un circo. Me pareció que mi mamá era muy valiente.

Cuando me quedé sola, primero pensé que me gustaría entrenar delfines para poder nadar con ellos y jugar. Pero se me ocurrió que podía ser muy aburrido estar todo el día metida en el agua. A veces he pensado en trabajar en un zoológico para estar cerca de las jirafas y de los camellos. Sin embargo, me acordé de los dientes de los cocodrilos y me dio miedo. Además, Rita me contó que hay mucho trabajo: casi siempre los animales están enfermos. Entonces se me ocurrió ser astronauta como antes quería ser Jaro. Me imaginé que podía llegar en mi nave espacial hasta Marte: el planeta diferente. Y sonreí porque allí, entre sus valles y volcanes apagados, supe lo que quería ser.

Al día siguiente leímos en voz alta la tarea. Varios de mis compañeros querían ser lo mismo que sus papás: arquitectos, abogados o doctores. Algunas de mis amigas pensaban en ser maestras, otras querían bailar o actuar en las películas. Guillermo dijo que él iba a ser detective y, la verdad, a todo el mundo le gustó la propuesta. Al llegar mi turno, sentí que mi voz se hacía fuerte como la de los leones:

—Cuando sea grande voy a escribir cuentos de seres especiales que viven en planetas diferentes.

Al principio nadie dijo nada, pero después varios opinaron que también era una idea estupenda. Luego dije que pensaba ilustrar mis historias: pintaría de colores los planetas. Conté que yo veía a Urano, morado, a Saturno, amarillo, a Plutón, café con rayas blancas, a Venus, rosa con una cinta plateada al centro.

Entonces Guillermo y yo empezamos a discutir como siempre. Él dice que Urano y Plutón deben ser azules y que, en cambio, Marte y la Tierra necesariamente son verdes.

Cuando le pregunté por qué necesariamente, me contestó que era obvio: todos pensaban igual que él y veían las cosas de la misma forma. Pero Guillermo no sabe nada de nada. Nunca ha ido a Marte a visitar sus volcanes ni tampoco tiene, como yo, a alguien muy especial que le permite vivir de una manera diferente. Y cuando se lo dije me sentí feliz.

El maestro nos pidió que hiciéramos un dibujo. El mío, además de tener a Marte dibujado en color rojo brillante, con una cinta naranja al centro, tenía a dos niñas tomadas de la mano; una de ellas con los ojos cerrados, como si estuviera volando; la otra sólo estaba allí, esperándola. Jugaban a las princesas voladoras, donde todo es lo que no es y al revés.

Marte y las princesas voladoras,
de María Baranda,
núm. 183 de la colección A la orilla
del viento, se terminó de imprimir
en los talleres de Impresora y Encuadernadora
Progreso, S.A. de C.V.
(IEPSA), Calzada San Lorenzo
núm. 244; 09830, México, D.F.
durante el mes de julio de 2006.
Se tiraron 5 000 ejemplares